I0580349

Santos CS Bermejo

Contes du Medway

INDEX DES CONTES :

AVANT-PROPOS 9

Mister Egg 12
Tillo, le mulot 26
La hyène Hélène 38
Alec, l'architecte 52
La petite écureuil Églantine 64
Tourbillons 78
Petites histoires de la pluie 90

À propos de l'auteur 101

AVANT-PROPOS

Je m'adresse à toi, adulte:

Le concept de **littérature pour enfants** a toujours été, pour moi, une manière de regarder le monde, de comprendre la réalité et d'expliquer la vie.

Depuis toujours, j'ai trouvé dans le récit, le conte et la parabole, un immense réservoir de sagesse cachée et un moyen privilégié de transmettre connaissances et culture.

S'il est vrai qu'à l'origine, des classiques comme Les voyages de Gulliver, L'ile au trésor ou Platero et moi ont été créés spécifiquement pour les adultes, ce public cible a peu à peu changé avec l'émergence de l'ère moderne, et avec cette dernière, la découverte que l'enfance, l'adolescence et la jeunesse constituent des étapes cruciales dans le développement de l'être humain.

Les thèmes classiques tels que l'aventure ou la découverte de nouveaux mondes s'enrichiront, plus tard, de thématiques davantage axées sur le dépassement de la peur, la liberté, les aspirations, le monde des rêves et des désirs, la transmission des valeurs, et plus récemment, tout ce qui a trait à la santé mentale, aux émotions et à leur gestion.

Dans tous les cas, mon approche des livres pour enfants a été, et ce depuis toujours, le moyen par lequel j'ai pu me remettre en question et, par la suite, questionner de grands piliers fondamentaux de la Réalité telle que nous la connaissons, la vie personnelle Individuelle et sa relation avec la Société.

Je dois reconnaitre qu'il n'est pas toujours à mon goût de voir que cette littérature pour enfants peut aussi, parfois, être instrumentalisée et utilisée, dans le but de créer des disciples ou des moutons aux mains d'une idéologie spécifique.

Toutefois, même dans ces cas-là, qui me mettent tant en colère, la magie opère son miracle, et l'insaisissable capacité de produire de nouvelles connaissances suscitées par une histoire, transcende sa signification et l'élève à des dimensions qui ne peuvent être manipulées : le chemin allégorique choisi par l'être humain afin de découvrir la vérité de la vie dépasse son auteur et son destinataire, et le contenu devient un vecteur de message au-delà des propres intentions de l'écrivain.

Je ne peux pas dire que la littérature pour enfants s'adresse à l'enfance. Je ne peux pas non plus affirmer, sans mentir, que lorsque j'écris, j'écris uniquement pour les enfants. De la même manière, je ne serais pas tout à fait honnête si j'omettais que lorsque j'écris, c'est pour me questionner moi-même et partager le fait que la vie est un mystère sur lequel je peux me pencher et que je peux mieux appréhender à travers une histoire.

Medway est une rivière située dans le sud-est de l'Angleterre. Son bassin baigne l'un des paysages les plus beaux et les plus luxuriants du Royaume-Uni. Elle a donné son nom à une bataille importante au Ier siècle, qui a été décisive pour l'arrivée des Romains sur la grande ile de Bretagne. Elle a aussi donné son nom à une ville et même à une région du pays.

La rivière Medway se jette dans l'estuaire de la Tamise après avoir traversé un magnifique paysage appelé « le jardin de l'Angleterre », surnom justifié par ses beaux champs et ses jardins complexes reflétant le goût anglais pour ce type de décorations florales. Ses vallées et ses jardins colorés sont agrémentés d'une explosion de senteurs et abritent, en parfaite harmonie, une multitude d'animaux et d'insectes en tous genres. L'héritage historique de cette région, représenté par de grands châteaux et l'architecture que l'on peut apprécier dans des villes comme Canterbury, Tonbridge, Sevenoaks ou Tunbridge Wells, la rend encore plus attrayante et picturale.

L'histoire et la nature se rejoignent en ce lieu, fusionnant la beauté et la modernité avec les traditions et l'harmonie de façon singulière et, parfois, inédite.

L'observation a été la caractéristique principale qui a rendu possible la majeure partie des avancées dans l'histoire de l'humanité. C'est en observant la nature que s'est développé ce que l'on a progressivement appelé la « Science ».

Regarder vers les étoiles et scruter le firmament, par le passé, nous a permis de lire le ciel et de nous aider à naviguer. Cela nous a sortis de notre propre endogamie et nous a fait aller à la rencontre de l'Autre : nous avons ainsi pu connaitre différentes cultures et partager des modes de vie différents.

Se tourner vers l'intérieur, pratiquer l'introspection de notre propre être, nous a permis d'explorer l'âme humaine et de plonger dans notre intériorité la plus profonde : nous avons pu acquérir une meilleure connaissance de nous-mêmes et des divers comportements sociaux qui constituent notre réalité individuelle et sociale.

L'observation a été la mère nourricière qui a donné du contenu à chacun des contes qui composent le livre que vous tenez actuellement entre vos mains.

Dans ces Contes du Medway, vous découvrirez un recueil de sept récits. Sept histoires à la fois totalement différentes mais orientées de façon homogène dans la même direction. Ces récits sont nés de l'observation et du goût de la vie qui nous entoure.

Ils prennent place dans la magnifique zone baignée par le Medway et ont en commun le comportement humain et un fondement anthropologique très concret, qui, bien qu'on puisse le qualifier d'universel, l'est à partir d'une conception très spécifique et puissante de l'être humain : nous sommes appelés à être bien plus que ce que nous percevons vaguement de nous-mêmes.

J'espère que vous les apprécierez autant, et même davantage, que vos enfants, pour qui ces récits ont été conçus. Laissez-moi maintenant en leur compagnie, je vous prie : je vais leur raconter la même histoire, mais avec leurs mots.

AVANT-PROPOS :
Je m'adresse à vous, les petits de la maison.

Salut mon ami !

Comment vas-tu ?

Le monde est très grand et merveilleux mais il est nécessaire de le comprendre.

Si tu l'observes attentivement, il regorge d'histoires et d'aventures. Tous les adultes ne les voient pas. Mais toi, si.

Je t'invite à découvrir tous ces contes et à les expliquer pour que tout le monde les comprenne ; pour que tout le monde comprenne la vie. C'est ce que j'appelle la **littérature pour enfants.**

Ce livre s'appelle Contes du Medway, car ces histoires se déroulent autour de la rivière Medway. Elle se trouve dans le sud-est d'un pays appelé l'Angleterre. Va voir sur une carte et essaye de la repérer. Tu pourrais avoir besoin de l'aide d'un adulte, alors n'hésite pas à la demander.

Cette rivière se jette presque au même endroit qu'une autre rivière très importante appelée la Tamise, qui passe auparavant par Londres. Tu l'as trouvée ?

La rivière Medway traverse ce qu'on appelle « le jardin de l'Angleterre ». C'est un endroit immense, rempli d'arbres et de plantes de toutes sortes. Des centaines d'animaux différents y vivent très paisiblement, là où les humains et leurs affaires ne viennent pas les déranger.

Un soir, demande à un adulte de t'emmener hors de la ville où il n'y a pas de lumières. Lève les yeux : assure-toi qu'il n'y ait pas de nuages ce jour-là. Tu pourras voir des centaines d'étoiles. Plus tu regarderas et plus tu les verras.

C'est ce qu'on appelle « observer », parce que tu remarques des choses qui ont toujours été là, mais auxquelles tu n'avais pas fait attention avant.

Les contes que tu vas lire sont nés d'une observation attentive du monde et de ses habitants. Souviens-toi : plus tu regarderas et plus tu verras de choses.

Profite bien des sept contes. Et quand tu les auras terminés, dis-moi celui que tu as préféré.

Santos CS Bermejo.

Mister Egg

« Tout ce qui brille n'est pas d'or »

Un jour de bon matin, comme à son habitude, Mister Egg se dirigeait vers le ruisseau, avec ses petits yeux ; ses petits bras tous fins ; ses jambes courtes et sa moustache soigneusement taillée. Sur sa tête menue reposait, bien ajusté, un chapeau marron surplombé d'une plume de poule blanche.

Mister Egg était un œuf, mais ce n'était pas un œuf ordinaire. Mister Egg était l'œuf le plus aimé et le plus populaire jamais vu auparavant dans les iles lointaines d'Aran. Aimable, attentionné, affectueux et joueur, il montait et descendait les collines, en chantonnant et en sifflotant toujours sa chanson.

« Mister Egg te salue bien-iiien-ien, allez viiiiens :
grand camarade et bon copain, très cher voisi-iiiin,
avec toi, c'est certain, on fera un bout de che-miiiin,
qui que tu sois, allons main dans la maiiiin.

Ainsi, sifflant et chantant, Mister Egg se promenait, perdu dans ses pensées, lorsque soudain, boum ! Il trébucha sur un caillou qui se trouvait en travers de sa route. Mister Egg tourna et tourna. Il roula et roula, et ni ses petites jambes, ni ses petits bras tous fins ne pouvaient le retenir. Il continua de tourner et rouler, faisant des tours sur lui-même, à tel point qu'il se rendit compte qu'il n'arriverait jamais à se relever tout seul.

Au loin, il entendit un chaton approcher : un être si affectueux ! Si doux ! Si mignon ! Si amical ! Comme si de rien n'était, le chaton essaya de passer discrètement et de contourner Mister Egg, sans dire un mot.

—S'il te plait, gentil chaton, je t'en prie : donne-moi un coup de main et aide-moi à me relever.

—Si seulement je le pouvais, Mister Egg ! Mes maitres sont déjà en chemin –dit le chat en se léchant les moustaches— et quand ils rentreront à la maison, je me dois d'être à la porte pour les accueillir.
—Et le chat, tout content, poursuivit son chemin, tandis que Mister Egg tournait et tournait, roulait et roulait sans pouvoir s'arrêter de lui-même.

Soudain, il entendit un aboiement.

—S'il te plait, gentil petit chien, je t'en prie : donne-moi un coup de main et aide-moi à me relever.

—Tu sais bien que je ne peux pas, Mister Egg : nous, les chiens de berger, sommes toujours en mission. Mes brebis m'attendent et, sans moi, elles ne sauront pas où aller. Qui les protègerait si je n'étais pas là ? —Un être si travailleur ! Si responsable ! Si fidèle ! Si assidu ! Le petit chien contourna Mister Egg et poursuivit sa route sur ce chemin caillouteux—.

Alors qu'il tournait et se retournait, Mister Egg perdait espoir de pouvoir se relever, quand des pas discrets se firent entendre au loin. C'était un hamster qui venait de terminer ses exercices quotidiens dans sa roue d'entrainement. Un être si actif ! Si joyeux ! Si travailleur ! Si joueur !

—Par pitié, hamster mon ami, je t'en prie : donne-moi un coup de main et aide-moi à me relever.

—Comme j'aimerais pouvoir bouger, Mister Egg, et avoir la force de te relever ! Je suis dans ma roue depuis des heures, je suis épuisé, exténué, extrêmement fatigué. Comment quelqu'un d'aussi petit que moi pourrait-il relever quelqu'un d'aussi lourd que toi ? — Et ce hamster s'en alla, à la recherche d'un lit où se reposer.

Il allait bientôt faire nuit. Mister Egg continuait de tourner encore et encore. Il voulait se rendre au ruisseau pour boire de l'eau fraîche et récupérer cette laine qu'il utiliserait ensuite pour tricoter un bon pull.

Tout en tournant sans cesse, Mister Egg pensait : « Comme il sera chaud, le pull que je me ferai avec cette laine d'Aran ! » —C'est alors qu'il vit s'approcher, de plus en plus, une de ces vilaines hyènes malodorantes qui déambulait par là. Un être si traitre ! Si égoïste ! Si dangereux ! Si malicieux !

—Bonjour, étrange personnage du chemin : as-tu besoin de mon aide, cher ami ? —demanda la hyène en souriant et en reniflant avec son museau.

Aussitôt, Mister Egg ouvrit les yeux, souffla, reconnaissant, pendant que la hyène l'aidait à se relever, et ensemble, hyène et œuf chantait à présent comme des amis.

«Mister Egg et la hyène, s'entendent bien-iiien-ien
Ils sont amis, compagnons et bon voisi-iiiin,
Joins-toi à nous, on fera un bout de che-miiiin,
Qui que tu sois, mon cher ami, allez vient-iiiient.

C'est ainsi que se conclut l'histoire de l'œuf Mister Egg qui, depuis ce jour, n'a plus jamais eu peur de tomber, que ce soit dans les champs ou sur le sol, car il savait, avec une immense certitude, qu'il avait désormais un bon ami qui viendrait à son secours.

Ne juge pas sur
la première impression,
qui est source d'illusion
par manque de compréhension.

C'est là toute la magie de la connaissance :
si quelqu'un te tend la main, fais preuve de reconnaissance,
sinon, ne le condamne pas,
comme l'a fait Mister Egg juste avant.

Pourra venir quelqu'un à l'air posé :
enjoué, tempéré ou bienveillant.
Pourra venir celui auquel on n'avait pas pensé :
répugnant, insolent, insignifiant.

Garde en tête qu'un véritable ami
n'est pas celui qui fera de belles déclarations ;
il ne se cachera pas à la première occasion,
au contraire, il te démontrera par ses actions
qu'il sera toujours là, auprès de toi, sans conditions.

Tillo, le mulot

« Tel qui rit vendredi, dimanche pleurera »

À Tomás et Tomasín
(Juin 2022)

Sous un beau cognassier, habitait Tillo le mulot,
toujours vêtu de bleu, de bas en haut,
le matin, avec Criquet, l'après-midi au château,
le soir pelotes en main, jouant sans fin, quel finaud !

Si un canard venait le voir pour lire une histoire,
Tillo cachait vite ses livres, bien à l'abri dans un tiroir.
Et si M. Chat venait pour faire des dessins au pochoir,
il cachait ses couleurs, pas question pour lui de les avoir.

Un jour vint un écureuil pour jouer à chat.
Avant d'ouvrir la porte, Tillo regarda par le judas,
et cria à son camarade, —allons dans le débarras !
Pour jouer à cachecache, plutôt qu'à ton jeu de chat—.

De bon matin, son ami le cochon apparut,
pour voir « Peppa Pig » et d'autres dessins animés bien connus.
Tillo saisit la télécommande, comme à son habitude,
« Pat-Patrouille » puis « Groovy le Martien » ils ont vus.

La chèvre Henriette, par une après-midi violette,
vint à bicyclette pour aller jouer aux raquettes.
Tillo ne voulant pas y aller car il était en claquettes,
resta dans sa cabane à savourer de délicieuses chouquettes.

En été, sa voisine le convia à la piscine,
pour passer l'après-midi ensemble avec sa cousine,
Tillo lui répondit —Tu sais quoi Avéline ? Devine !
Je vais jouer avec les poules sur la colline.

Avec son ami Barnabé, il allait à l'école depuis janvier,
rêvant de devenir ingénieur, il était enjoué et appliqué :
maths, sciences, conte, et un déjeuner léger à la récré,
il voulait tout diriger et être toujours le premier.

Le soir avec papa, juste avant de se coucher,
un conte, une histoire, il ne cessait d'écouter.
Tillo heureux et souriant, si l'histoire lui plaisait ;
des grimaces, bien sûr, si ça n'était pas dans ses souhaits.

Un jour, sonna à la porte le facteur caméléon,
qui apportait une grande enveloppe en carton.
Tillo se saisit d'un coup du paquet en question,
pour ouvrir le colis d'Amazon avant tout le monde.

COLEG
CATC

Mais un jour dans le terrier

le silence fut brisé :

le suricate Adrien est arrivé

et tout le monde de stupeur s'est figé.

—Main en l'air —ordonna Adrien,

ceci est un holdup ! —cria ce vaurien.

Contes, gadgets et jouet un à un,

dans un sac s'en allèrent en un tour de main.

Le petit mulot tout seul désespère

de voir si vide sa tanière,

et s'en alla sur le chemin de terre,

à la recherche de ses compères,

pour qu'ils lui prêtent des jeux qui le consolèrent.

Il se rendit chez Henriette, pour jouer aux raquettes ;
mais elle n'y était pas car elle était partie faire de la bicyclette.

Il rencontra la voisine et voulut utiliser sa piscine :
mais elle était déjà occupée à jouer avec sa cousine.

Il voulut lire, chez M. Chat, une histoire,
qui maintenant, avec ses amis, faisait des dessins au pochoir.

Contrarié, il alla chercher l'écureuil dans le débarras,
qu'il trouva désert car il était parti jouer à chat.

Il se sentit alors bien seul et triste, accablé et fatigué,
Même avec son ami le cochon, il ne put regarder la télé.

??????

La vie nous traite,
de la même façon que nous, nous traitons :
on partage avec nous si nous partageons,
et nous recevons si nous donnons.
Par chance Tillo avait,
des amis sans pareil,
qui, après quelques jours,
allèrent le chercher à leur tour.

La hyène Hélène et l'écharpe en vison

« Le singe est toujours singe, fût-il déguisé en prince ».

Tonbridge Grammar School :
tu feras toujours partie de moi,
peu importe où mes os se trouveront.
(février 2022)

Il était une fois une hyène du nom d'Hélène. Tous les matins, Hélène travaillait au supermarché. Les après-midis, elle vendait de la viande à la boucherie avec son père. Et pendant son temps libre, elle faisait des livraisons de pizzas à domicile.

Hélène était extrêmement travailleuse : elle ne se reposait que les dimanches, qu'elle mettait également à profit pour distribuer des lettres et des prospectus, histoire de gagner un petit supplément d'argent.

Peut-être te demandes-tu : « pourquoi travailler autant ? ». Hélène avait un secret : elle voulait s'offrir une écharpe. Oui ! Une écharpe ! Mais pas n'importe quelle écharpe. Une en vison ! Une écharpe en vison ! Une somptueuse écharpe en vison qu'elle pourrait enrouler autour de son cou pour se montrer ainsi devant ses amis, très bien habillée : sophistiquée, élégante, raffinée et très distinguée.

Carnice

Trois ans, cinq mois et deux jours sans relâche, c'est le temps qu'il aura fallu à la hyène Hélène pour rassembler tout l'argent dont elle avait besoin pour acheter son écharpe en vison, poilue et touffue. Et elle y était enfin arrivée.

Un matin aux aurores, elle sortit de chez elle et se dirigea vers la boutique où elle avait, maintes fois, contemplé cette magnifique écharpe. Elle entra, l'acheta et l'enroula autour de son cou, non pas une, ni deux, ni trois, mais quatre fois —elle était si longue. Puis, fière et orgueilleuse, elle sortit se promener dans les rues de la ville.

Hélène croyait que tout le monde l'admirait, elle se sentait si éblouissante ! En réalité, chacun vaquait à ses propres occupations.

Tu vas alors te demander : « que fit Hélène lorsqu'elle a eu l'écharpe tant désirée ? » Eh bien, elle se rendit dans la savane. Elle voulait impressionner le lion Léon et ses compagnons, les lionceaux. Elle défila devant eux, allant de côté et d'autre en montrant sa belle écharpe.

Ce qui était certain, c'est que les lions se moquaient d'elle par-derrière, car ils arboraient une belle crinière, bien plus imposante que cette écharpe. D'ailleurs, eux la possédaient naturellement et elle était toujours enroulée autour de leurs cous. Ils avaient l'air tellement majestueux !

—Tu n'impressionnes personne ici —lui dit un jour le lion Léon, qui était un bon ami, —mais si ce que tu veux, c'est nous ressembler davantage avec ton écharpe-crinière en vison, tu es la bienvenue !

Quelle tristesse !

Hélène n'impressionnait personne dans la savane avec son écharpe. Elle se fondait parmi les autres. C'est alors que la hyène Hélène se rendit dans la forêt, afin d'impressionner le renard Richard et ses amis, les renardeaux.

Elle montait et descendait inlassablement la colline du château. Elle se pavanait devant les tanières des renards pour qu'ils la voient rayonner avec son écharpe en vison.

Ce qui était certain, c'est que les renards se moquaient d'elle par-derrière, car ils avaient une queue bien plus somptueuse et éclatante que cette écharpe en vison. Et comme leurs queues de renards étaient sublimes !

—Écoute, Hélène—lui dit un jour le renard Richard, qui était un bon ami—, ici, tu n'impressionnes personne, mais si ce que tu veux, c'est nous ressembler davantage avec ton écharpe-queue en vison, tu es la bienvenue !

Cela attrista profondément Hélène. Elle ne voulait pas se fondre parmi les autres. Elle voulait être différente et originale. C'est pourquoi elle entreprit de rentrer chez elle.

Pour regagner sa maison, elle traversa le désert.

Elle rencontra rapidement le chameau Nilo. Elle enfila son écharpe et se pavana fièrement devant lui.

—Salut Nilo, elle te plait ? Je peux te la prêter. Regarde, mets-la un instant— proposa Hélène au chameau tout en enroulant l'écharpe autour de son long cou.

Mais tu sais quoi ? Il ne la garda même pas une minute. Le chameau la retira immédiatement en s'exclamant : —Oh là là ! Mon Dieu, quelle chaleur ! Enlève-moi ça ! —« Et puis… Que fait une écharpe dans le désert ? » se demanda Nilo.

Hélène n'impressionnait même pas un vieux chameau avec son écharpe en vison.

Alors qu'ils étaient en pleine conversation, la hyène et le chameau virent arriver un suricate au loin. Attristée, Hélène voulut offrir son écharpe en vison à cet étrange animal, maigre et disgracieux : —tiens, je te l'offre, ça te donnera au moins l'air un peu plus raffiné— déclara la hyène.

—Je n'ai pas besoin de faire semblant —affirma fermement le suricate, l'air confiant— et en plus, j'ai tout ce qu'il me faut —.

—Toi ? Tu as tout ce qu'il te faut ? —lui reprocha Hélène stupéfaite, voyant l'animal qui semblait si nécessiteux… Et elle se mit à rire. Elle rit sans s'arrêter. Aux éclats, comme seules les hyènes savent le faire. Elle n'arrêtait pas de rire. Elle riait à s'en plier en deux.

Ce rire retentissant, ce rire-là oui, impressionna le suricate. Le chameau aussi fut très étonné. « Que cette hyène est drôle ! », pensaient-ils tous les deux.

La nouvelle se répandit dans les alentours. Des animaux accoururent de loin pour voir la hyène se tordre de rire. Le lion Léon s'approcha. Tout comme le renard Richard. Des créatures venues de tous les horizons vinrent également l'admirer : que cette hyène est spéciale et originale ! Que son rire est communicatif !

Morale :

Celui qui, de l'extérieur, cherche à impressionner,
finira par, à tous les autres, ressembler,
sans même finir par réaliser
qu'à l'intérieur se trouve toute son originalité.

Alec, l'architecte

« Bon arbre porte bonne ombre. »

Tous les oiseaux et les poissons firent le silence : chuuuuut. Tous les petits animaux de la plaine se turent au même moment et se cachèrent sur-le-champ : certains derrière les troncs, d'autres dans les branches des arbres ; les petites souris creusèrent jusqu'aux racines ; les grenouilles plongèrent dans l'eau du ruisseau ; et ceux qui avaient des ailes s'envolèrent.

La forêt devint soudain silencieuse.

Entre les rochers, on pouvait apercevoir de petites joues velues et rigolotes. À ces joues, était collé un tout petit nez qui reniflait tout sur son passage. De minuscules petits yeux, mais grand ouverts, firent aussitôt leur apparition, scrutant dans toutes les directions. Puis, on aperçut un petit corps dodu et doux, moelleux comme un coussin : des petites mains comme celles d'un raton laveur, des petites pattes comme celles d'un canard, et une queue. Hein ? En guise de queue une pale, une raquette, une palme, une pagaie, une rame, un aileron !

—En avant, tout le monde ! La voie est libre ! —encouragea Alec, le castor, en regardant son épouse Alina et ses deux enfants qui marchaient derrière lui.

—Je suis fatigué ! —se plaignait l'un d'eux.

—Ce vent m'empêche de faire un pas de plus ! —bougonnait l'autre, éreinté.

—Le vent n'est jamais favorable à celui qui ne sait pas où il va —répondit leur père— mais je crois que nous sommes arrivés, et désormais, ce sera notre foyer.

Alec et Alina se regardèrent. C'était la troisième fois que le couple déménageait en 20 ans de vie commune. Cette plaine semblait parfaite.

Mais… soudain, un léger bruit venu de loin mit toute la famille aux aguets. Tous se mirent à observer autour d'eux avec insistance, avec attention, cherchant à la hâte d'où provenait ce bruit, comme si leur vie en dépendait.

—D'où vient-il ? —demanda l'un d'eux.

—Regardez ! s'exclama l'autre— Là ! Il y a un groupement d'aulnes et de cerisiers ! Je suis sûr que le bruit provient d'entre leurs racines—. Un filet d'eau coulait entre les arbres. Quel ravissant ruisseau !

—Vite ! Il n'y a pas de temps à perdre, —ordonna Alec— en plus il est tard et c'est l'heure du diner, alors au travail ! Que celui qui ne mange pas, ne travaille pas ; mais celui qui veut manger, doit se remuer.

Tous se mirent à ronger aussi vite et autant qu'ils le pouvaient. Il fallait en finir avec ce bruit. Il fallait arrêter l'écoulement de l'eau. Aussitôt, brindilles, feuilles, petits troncs et bâtons commencèrent à s'entasser au bord du ruisseau.

Alec commença à construire une digue pour arrêter le courant. Il donnait des instructions sur l'endroit et la façon de placer chaque brindille. Toute la famille travaillait avec le même objectif : faire cesser ce bruit d'eau qui coule.

—Je suis repu —dit l'un des fils— rassasié d'avoir tant rongé.

—Moi aussi —poursuivit l'autre.

—Silence ! Chut —dit Alec—, écoutez : on entend toujours l'eau couler, mais moins. Bon, reposons-nous, demain sera vite là.

Ils allèrent tous dormir et le lendemain matin, surprise ! Le ruisseau de la veille s'était transformé en une véritable rivière. L'eau était montée et ressemblait maintenant à un petit lac.

Un grand nombre d'animaux se levèrent tôt pour aller constater que leur plaine s'était transformée en étang. La digue avait stoppé l'écoulement de l'eau, qui stagnait, créant un marécage. On aurait dit un miracle, tout cela grâce à la barrière que les castors avaient construite et qui obstruait presque le cours de l'eau.

Beaucoup d'autres animaux se rendirent sur place et, en voyant cela, ils s'établirent définitivement dans cette fourmilière pleine de vie.

—Bonjour la famille —marmonna Alec en baillant et en s'étirant, tout juste sorti du lit, alors que les autres castors sortaient du terrier construit à l'aide de branches et de troncs rongés la nuit précédente—. L'eau continue de couler et je suis affamé. Au travail ! Celui qui ne prend pas de plaisir à travailler finira par travailler sans plaisir.

Et les quatre castors entamèrent leur petit-déjeuner avec les mêmes branches et troncs rongés, qu'ils allaient déposer sur la digue. Ainsi, petit à petit, ils étaient en train de boucher complètement le cours d'eau. En bloquant l'écoulement de l'eau, un magnifique marais était en train de se former.

Plus il y avait d'eau dans l'étang, plus de poissons venaient s'y installer. Plus l'eau montait, et plus les plantes, les arbustes et les arbres grandissaient tout autour. Plus il y avait d'arbres et de poissons, et plus d'oiseaux venaient construire leurs nids à cet endroit.

Il n'existait ni écureuil ni grenouille,
crapaud, tortue ou souris,
qui n'aurait point voulu rester
dans la forêt du castor ouvrier.
Des chouettes et des salamandres,
un hibou, un crapaud, un saumon,
les chouettes avec les élans
faisaient de la forêt un vrai chant.
Chant d'harmonie et de vie
propice pour se développer,
orchestré par le travail
de quelques castors
plein de vivacité.
C'est ainsi que, dans la vie, tout comme dans la forêt,
certains travaillent pour les autres avec intérêt,
ils coordonnent les efforts et se dépassent
pour que tout et tous se surpassent.
Loups, coyotes et renards
n'ont pas non plus tardé à arriver,
mais ce sera un autre jour car il est tard,
que ce conte pourra se terminer.

L'écureuil Églantine

« Il faut joindre l'action à la parole. »

Sur le versant du château à présent abandonné, vivait heureuse et toujours enjouée, la petite écureuil Églantine.

Églantine était gaie, amusante, très agile et toujours joviale.

Elle aimait descendre tous les matins à la recherche des noix les plus fraiches de la vallée. Quelle gourmande ! Et ça l'amusait tellement de monter et descendre des arbres, d'escalader et de se faufiler à travers les interstices de la clôture pavée qui donnait sur le ruisseau !

Elle ne cessait de courir encore et encore le long de ce ruisseau qui entourait la colline du château.

—Bonjour, petite colombe —disait l'écureuil Églantine lorsqu'elle passait devant ses voisines les colombes. Elle obtenait toujours la même réponse : un roucoulement qu'elles émettaient tout en agitant gracieusement leurs nobles cous d'avant en arrière, « rou-rou ».

—Bonjour petite colombe, —demanda un beau jour l'écureuil Églantine—
toi qui es plus proche des nuages, penses-tu qu'il va pleuvoir aujourd'hui ?

À quoi sa voisine répondit : rou-rou. —La petite écureuil se rendit alors
dans le parc, sans parapluie, pour chercher des noix et jouer avec ses
amies.

Soudain, il commença à pleuviner, puis à pleuvoir, puis à tonner, et la petite
écureuil dut rentrer chez elle, trempée jusqu'aux os.

— Bonjour, petite colombe — dit l'écureuil Églantine le lendemain—, toi qui te lèves tôt avec le soleil, t'a-t-il dit s'il ferait froid aujourd'hui ? »

Sa voisine répondit, comme d'habitude, « rou-rou ». Églantine posa son regard sur sa voisine. Elle inclina la tête d'un côté, puis de l'autre. Elle cligna des yeux et, sans prendre de manteau ni rien d'autre, telle qu'elle était vêtue, elle courut jusqu'au parc pour trouver les cacahouètes les plus fraiches de la journée, et sauter, et jouer à cachecache avec ses amies.

Elle n'était pas encore arrivée à la clôture du ruisseau, qu'un vent très froid se leva. Il était si froid et si glacial qu'Églantine dut se hâter pour rentrer chez elle et allumer la cheminée pour se réchauffer.

Assise devant le feu, alors qu'elle regardait les buches s'embraser, elle ne pouvait s'empêcher de se demander : « peut-être ne veulent-elles pas me répondre ? Est-ce qu'elles ne me comprennent pas ? Ou bien est-ce moi qui n'arrive pas à les comprendre ? »

—Bonjour, petite colombe —lui dit à nouveau l'écureuil Églantine le lendemain—. Toi qui peux voir les montagnes de là-haut, crois-tu qu'il va neiger aujourd'hui ?

Comme toujours, la colombe répondit : « rou-rou ». Alors, Églantine partit en trombe vers le ruisseau sans écharpe, sans bonnet et sans les skis que les écureuils utilisent habituellement quand il neige.

Mais… très vite, la neige se mit à tomber ! Tout d'abord légèrement, puis de plus en plus fort, et en quelques secondes, toute la colline était recouverte de neige et de glace, à tel point qu'Églantine glissait et ne pouvait avancer que de quelques mètres. Triste et fatiguée, elle rentra chez elle.

Peu à peu, avec le temps, Églantine cessa de saluer ses voisines les colombes. « À quoi bon ! De toute manière, elles ne me comprendront pas ! Ça ne fait aucune différence que je les salue ou que leur demande quelque chose ! —pensait-elle.

Jusqu'au jour où le renard de la vallée apparut. Églantine jouait et courait lorsque le renard surprit et voulut l'attraper.

« Quel bon déjeuner », pensait le renard.

—Au secours, au secours ! —criait Églantine— Le renard arrive ! —Et elle répétait, chaque fois plus fort— Au secours, au secours, le renard arrive !

En moins de temps qu'il n'en faut pour le dire, une armée de colombes entoura le renard et se mit à tourner et tourner autour de lui. Un tour, deux tours, trois tours… Encore et encore, jusqu'à ce que le renard, étourdi et nauséeux, s'enfuie, désorienté.

—Merci, petites colombes —s'écria Églantine, haletante. Merci, vous m'avez sauvé la vie.

À partir de ce moment-là,

peu importait si la petite écureuil

se sentait comprise ou non :

chaque fois qu'elle sortait de chez elle,

elle saluait ses voisines.

La petite écureuil Églantine savait

avec certitude qu'elles la comprenaient,

même si « rou-rou » restait leur unique réponse

à ses « bonjour, petites colombes ».

Tourbillons

« Plus fait douceur que violence. »

Il avait beaucoup plu la nuit précédente. La lumière du jour brillait à présent. Le courant de la rivière rugissait bruyamment. Et, au cœur de ce rugissement, il y avait Fern !

Fern n'était ni grand ni petit, ni gros ni maigre, il ne semblait ni costaud ni fragile. Il arborait un air sérieux mais joyeux et il était futé, oui ! Très malin.

Fern était un survivant. C'était une fourmi courageuse et combattive, qui avait passé la moitié de sa vie à surfer en amont et en aval, sur ce qui était, à son sens, les eaux vives de cette rivière entourant la plaine du Kent.

L'autre moitié de sa vie, il la passait sous terre, dans sa fourmilière, à s'entrainer sur sa planche de surf fixe, alors que passait l'hiver.

Fern formait désormais un apprenti, Lino. Lui, était plus petit, souriant et calme. On pourrait dire que cet apprenti, Lino, était plus tranquille. Il aimait beaucoup surfer, mais moins que Fern. Il voulait davantage profiter de la compagnie de son maitre, ou plutôt, de celui qu'il considérait comme son ami.

Fern et Lino, Lino et Fern passaient des heures et des heures, debout, sur leur planche de surf. Fern donnait des instructions et Lino les écoutait attentivement. Le maitre menait l'expédition à l'aval de la rivière. L'élève répétait, sans broncher, tout ce qu'il avait appris.

—Garde l'équilibre —disait Fern— utilise ta main pour tourner —insistait-il pour faire de Lino le second meilleur surfeur de la rivière Azuer—. Dès que tu entendras le grondement de l'eau derrière toi, fais vite ! Saute ! Car la vague arrive ! Mets-toi debout ! Prends cette vague et remonte-la jusqu'au bout ! —ajoutait le maitre avisé avec enthousiasme.

HAWAY
BEACH

Combien de fois Lino avait-il été jeté dans ces eaux ? Combien de fois était-il tombé de sa planche ? Je n'en sais rien. De nombreuses fois. Autant de fois qu'il s'était relevé, déterminé et plein d'entrain, heureux et à nouveau prêt à essayer.

Quand il tombait, Fern était toujours là pour lui apprendre. —Tu as vu pourquoi tu es tombé ? —lui demanda Fern— Tu n'as pas vu ce tourbillon d'eau.

—Si, je l'ai vu —répondit Lino— mais je me suis trompé. Je ne me suis pas rendu compte que c'était un tourbillon DE BUTÉE.

—C'est exact ! —poursuivit le maitre— c'était un tourbillon de butée. Ces tourbillons de butée se trouvent au bord des rivières pour tromper et faire tomber les surfeurs : ils induisent en erreur, désorientent et paralysent. Si tu ne sais pas les reconnaitre à temps et que tu les franchis rapidement, ils peuvent te garder au piège pendant des jours et des jours— expliqua Fern à Lino— en tournant en rond sur lui-même, sans aller nulle part.

Lino hochait la tête comme s'il avait déjà entendu cette réprimande maintes fois.

—Hop là ! —Ils s'aidèrent mutuellement à remonter sur leurs planches de surf—. Reprenons où nous en étions, allons attraper ce petit ruisseau là-bas, il nous emmènera à la source au trésor —dit Fern—.

—Quoi ! —s'écria Lino— qu'est-ce que tu viens de dire— il le regarda attentivement—. La source au trésor ? —Lino ne quittait pas son maitre des yeux, ouvrant les yeux toujours plus grands—. Quel trésor ? Il y a une source au trésor dans la rivière et tu ne m'en avais jamais parlé ? —poursuivit l'élève, de plus en plus curieux—.

—Oui, bien évidemment, —répondit tranquillement le maitre.

—Allons-y
! —s'élança Lino à toute vitesse en aval
du ruisseau, avec l'intention d'arriver le premier à la source
au trésor.

—Non, attends ! —criait son maitre derrière lui— il y a des tourbillons d'eau que tu ne
connais pas.

—Attends, attends —grondait Fern.

—Rattrape-moi si tu peux —répondait Lino.

—Ce n'est pas moi qui te rattraperai, tu seras tombé avant.

—Alors ça, jamais, car je suis le « Grand Lino ».

—Il te fera descendre de ta planche, mon ami.

—Comment ! Qui oserait s'en prendre à moi ?

—Celui-là, là-bas, le tourbillon.

Et badaboum ! Lino tomba à nouveau dans l'eau, en plein milieu de la rivière.

Avec l'aide de Fern, il put remonter à la surface. —Allez, monte, suis-moi, tu es épuisé, il faut te reposer—. Fern guida son élève de
l'autre côté de la rivière. On entendait l'eau au loin. Lino eut un moment de frayeur :

—Un tourbillon —s'écria-t-il en sursautant.

—Ce n'est rien, suis-moi, c'est un tourbillon de RÉPIT. Ces tourbillons sont là pour offrir du repos. L'eau tourne
lentement sur elle-même. Encore et toujours. Tout doucement. Pas à pas. Ça prend du temps. Il aide le surfeur à
reprendre son souffle.

—Après avoir tourné un moment, se reposant dans ce tourbillon de répit, le petit Lino se
souvint de la source au trésor. Alors, ses yeux s'écarquillèrent à nouveau tandis
qu'il s'exclamait : —le trésor ! —et les deux surfeurs reprirent leur
chemin, descendant la rivière à la recherche de cette
source qui abritait le trésor.

Seulement quelques minutes plus tard, le trésor que nos amis cherchaient scintillait au loin. Mais comment arriver jusque-là ? Un fossé de deux mètres séparait le trésor de la rivière.

—Suis-moi, Lino, —dit le maitre.

—Fais attention, c'est un tourbillon, —dit l'élève apeuré.

—N'aie pas peur, c'est un tourbillon DE PROPULSION.

—De propulsion ? —s'étonna Lino.

—Oui. Il nous aidera à sauter ces deux mètres de fossé. Sans l'impulsion de ce tourbillon, nous ne pourrions jamais atteindre le trésor. —assura le maitre.

C'est ainsi que, effrayé et méfiant, mais déterminé et courageux, l'élève suivi son maitre. Ils s'engagèrent dans le même œil du tourbillon et... Un tour, deux tours, trois tours... Chaque tour qu'ils faisaient leur donnait chaque fois plus de vitesse. Et encore un autre tour, plus vite, si vite que bientôt les deux courageuses fourmis étaient propulsées comme des fusées en direction de leur trésor. L'effort en valait la peine !

Dans la vie, comme dans les ruisseaux,

Des tourbillons peuvent croiser nos eaux
:
certains nous tétanisent,

d'autres nous adoucissent,

d'autres encore nous dynamisent,

mais aucun n'est ni bon ni mauvais pourtant,

les reconnaitre au bon moment,

nous emmènera de l'avant,

pour atteindre plus aisément,

notre propre trésor également.

Petites histoires de la pluie

« Mieux vaut donner que recevoir ».

Une, deux et trois. A, B et C.

Alba, Béa et Célia étaient les trois gouttelettes les plus drôles et les plus joyeuses que l'on n'ait jamais vues dans cet endroit. Elles étaient toujours ensemble, en train de courir, de jouer, d'inventer et surtout, toujours en train de rire.

Alba était très méticuleuse, toujours très soignée et organisée. Béa était la joie du groupe, celle qui encourageait toujours. Célia était une aventurière, tout l'intéressait, elle apprenait de tout et se lançait dans tout.

A, B et C. Alba, Béa et Célia, ou Célia, Béa et Alba (peu importe dans quel ordre on les appelait), vivaient heureuses sur leur nuage où elles demeuraient. Elles avaient toujours été heureuses ensemble, et même si elles aimaient se mêler aux nombreuses autres gouttelettes de leur nuage et des nuages alentour, elles finissaient toujours la journée ensemble et on les retrouvait toujours toutes les trois. Avant d'aller dormir, elles aimaient se raconter tout ce qu'elles avaient appris et ce qui leur était arrivé depuis le matin.

—Quand je serai un peu plus grande, je chercherai la meilleure flaque du monde où me laisser tomber —racontait Alba, une nuit, à ses deux amies—.

Je pense à une bonne flaque d'eau, grande et profonde, pour que je ne me fasse pas mal en tombant et où je serai entourée de plein de gouttelettes comme nous.

J'ai entendu dire que lorsque vient le moment de pleuvoir, si on ne cherche pas une bonne flaque, on peut tomber n'importe où. Je ne veux pas me faire mal en tombant ! Et je ne veux pas me retrouver seule !

—Moi, j'aimerais bien prendre un parachute —racontait Béa ce même jour. Ce sera super amusant ! » —continuait-elle d'expliquer à ses petites amies—. Pendant ma descente, je pourrai rencontrer plein d'autres gouttelettes et discuter, et rire, et jouer. Ça sera vraiment excitant ! Peu importe où je tomberai, j'en suis persuadée, mes amies, j'aurai mon parachute. »

—Et toi Célia ? —lui demanda l'une des gouttelettes—.

—Hummm, à vrai dire, je n'en sais rien.

Moi, je ne suis qu'une goutte,
une goutte, point de doute;
une goutte reste une goutte ;
faite pour tomber, mouiller, rafraichir, disparaitre…
Si je pars d'en haut, je suppose que j'y reviendrai,
si Célia est mon nom, je crois que dans le ciel je retournerai.
Qu'importe si je suis liquéfiée,
après tout, c'est pour cela que je suis née.
Après être tombée et la terre avoir mouillé,
Le soleil, sous forme de vapeur, me fera remonter.

Les deux autres gouttelettes, stupéfaites, furent marquées par la sagesse
de Célia et par la magie de ses paroles : « qu'importe si je disparais en
tombant, c'est pour cela que je suis née, après avoir rafraichi et nourri la
terre,

le soleil, me fera remonter ». Mais leurs paupières étaient plus lourdes que
leur curiosité. Et elles finir par s'endormir.

Le matin suivant, le jour tant attendu arriva. De sombres nuages couvrirent rapidement le ciel. Le soleil se cacha un instant. En un rien de temps, le vent se calma et les nuages, depuis là-haut, incitèrent leurs gouttelettes à sauter :

—Allez tout le monde ! On y va ! Il est temps de faire pleuvoir ! Sautez, sautez ! Votre heure est venue ! Arrosez la terre !

Une. A. Alba fut la première à sauter. Sa flaque était prête. La descente fut toute une aventure et à son arrivée, des centaines de gouttelettes amies l'accueillirent sans tarder, en riant aux éclats.

Deux. B. Béa se jeta tête la première. Que ce fut amusant ! Et à mi-chemin, son parachute s'ouvrit. Elle put, comme elle l'avait prévu, profiter de sa chute et de son atterrissage en toute sécurité, comme elle le voulait.

Trois. C. Célia ferma les yeux, compta jusqu'à trois et respira un bon coup. Excitée par l'incertitude de ne pas savoir ce qui l'attendait, elle se laissa tomber sans crainte, arrivera ce qui arrivera.

Ce fut la première pluie du printemps,
certains disent que c'est encore la meilleure
car grâce à elle, la terre fut détrempée,
et d'enfants sautant dans les flaques,
le village fut comblé.

Ces gouttelettes, pour vivre, se donnent à fond,
dans des aventures que je vous raconterai à une autre occasion,
Alba, Béa et Célia vous disent au revoir pour le moment
car tout est bien qui finit bien,
cette histoire arrive à sa fin.

Santos CS Bermejo

Luisto+ Quintanar

À propos de l'auteur

Santos CS Bermejo est né dans la région pittoresque de La Manche, en Espagne, à la fin des années 1970, non loin de l'endroit où, des siècles auparavant, Cervantès dépeignait Don Quichotte bravant des moulins à vent à l'aspect de géants.

Il obtient une licence en philosophie et en théologie, et, tout en « baroudant » à travers le monde, il fait de l'Angleterre son nouveau chez lui.

Le récit, le conte et la parabole représentent pour lui un immense réservoir de sagesse réfrénée et un moyen privilégié de transmettre des connaissances et de la culture.

En témoignent ses diverses collaborations dans des anthologies et des revues nationales et internationales, mais également son dernier livre pour enfants intitulé Hoja de caer (La chute de la feuille).

Les hasards de la vie l'ont conduit à **Luisto+ Quintanar** : manchego, donquichottesque, dessinateur, aventurier. C'est à lui que l'on doit l'embellissement, grâce à ses dessins et à son intuition, des Contes du Medway.